AF590500

LE BILLET DE LOGEMENT,

COMÉDIE EN UN ACTE,

MÊLÉE DE VAUDEVILLES,

PAR F. P. A. LÉGER.

Conforme à la représentation.

A PARIS,

Chez BARBA, libraire, Palais-Royal, derrière le Théâtre-Français, n° 51 ;

Et à son dépôt, sous le péristyle du Théâtre-Français, n° 264.

IMPRIMERIE DE CHAIGNIEAU AINE.

1817.

PERSONNAGES.	ACTEURS.
Madame LAROCHE.	*Mad. Remi.* *Mad. Joigni.*
ROSE, sa nièce.	*Mad. Delaporte.* Avolio.
DALINCOUR.	*M. Belfort.* *M. Frédéric.*
MATHURIN.	*M. Saint-Légé.* *M. Rousseau.*
SANS-QUARTIER.	*M. Tiercelin.* *M. Reboul.*

La scène est dans la maison de madame Laroche ; à Saint-Denis.

LE BILLET
DE LOGEMENT.

Le théâtre représente un appartement.

SCÈNE Ire.

Madame LAROCHE *seule.*

MATHURIN !... Rose !... Ma nièce !... Rose !... Il est près d'onze heures, et je n'ai encore vu personne, c'est une chose incroyable !

AIR : *Dans ma jeunesse.*

Dans mon jeune âge,
Je parle de long-temps,
Les filles de vingt ans,
Sans trop d'ajustemens,
Consacraient leurs instans
Aux détails du ménage :
Aujourd'hui, ce n'est plus cela :
Le temps qu'on regrette
Se passe en toilette ;
C'est bals qu'on projette,
Romans qu'on achette,
et puis
La maison va, cahin, caha. (*bis.*)

Mais j'y mettrai bon ordre... Rose !... Rose !...

SCÈNE II.

Madame LAROCHE, ROSE.

ROSE, *entrant.*

Me voilà, ma tante.

Madame LAROCHE.

Mais arrivez donc, mademoiselle, arrivez. Comment ! à onze heures encore dans votre chambre ! mais qu'est-ce que vous y faites? qu'est-ce que vous y lisez? à quoi vous occupez-vous?... Ah! qu'à votre âge j'étais bien plus alerte que cela, mon Dieu!...

ROSE.

Ah! ma bonne tante!

AIR *du prisonnier.*

Point de courroux, point de rigueur,
Et, tout en grondant votre nièce,
Permettez du moins à son cœur
De vous exprimer sa tendresse.
Pressez-moi contre votre sein,
Envers moi soyez généreuse;
Quand vous m'embrassez le matin,
Le jour entier je suis heureuse.

Madame LAROCHE.

Friponne! tu sais trop bien que je n'ai pas le courage de te gronder... Dis-moi donc un peu ce que fait Mathurin, je ne l'ai pas encore vu de la matinée.

ROSE.

Il est allé reconduire ce militaire que vous avez logé hier.

Madame LAROCHE.

Il pouvait bien se dispenser de cette politesse. C'est déjà bien assez d'être obligé de loger ces gens de guerre, sans qu'on perde encore son temps à leur faire la conduite. Mais j'espère que m'en voilà quitte pour long-temps; car je renoncerais à demeurer à Saint-Denis, s'il fallait avoir souvent de semblables corvées.

ROSE.

Cela n'est pourtant pas fort gênant.

Madame LAROCHE.

Non. Cela ne vous coûte pas, mademoiselle, et l'embarras qu'ils causent, et le vin qu'ils boivent, et l'inquiétude qu'ils donnent, comptez-vous cela pour rien?

ROSE.

Mais, ma tante, vous qui avez depuis sept ans au service un neveu que vous aimez tendrement, vous devez être enchantée de recevoir des hommes qui vous rappellent un souvenir aussi cher. Pour moi, je l'avoue:

AIR : *On rajeunit par la gaîté.*

Que, fatigué d'un long voyage,
Un soldat arrive en ces lieux,
Quel que soit son rang ou son âge,
J'aime à le traiter de mon mieux.
J'ai l'espérance consolante
Que, dans quelque climat lointain,
Peut-être une main bienfaisante
En fait autant pour mon cousin.

Madame LAROCHE.

Ne me parlez pas de votre cousin, c'est un mauvais sujet; s'il est mal, je ne le plains pas, c'est sa faute : pourquoi s'est-il engagé à treize ans? n'était-il pas bien ici? n'avais-je pas fait assez de sacrifices pour son éducation?

ROSE.

Vous lui avez laissé le choix d'un état, il a pris le parti des armes, et il y a fait assez bien son chemin pour que vous n'ayez pas lieu de vous en plaindre.

Madame LAROCHE.

Depuis son départ, est-il venu me voir une seule fois?

ROSE.

Un militaire est souvent obligé de sacrifier ses plaisirs à son devoir; mais s'il ne vient pas, du moins il vous écrit le plus souvent possible, et ses lettres sont remplies....

Madame LAROCHE.

Oui, de récits de batailles, de sièges, d'assauts; c'est fort intéressant pour moi. Au reste, je lui réservais ma petite fortune, je me proposais de vous unir, mais, puisqu'il se trouve si bien à l'armée, qu'il y reste : je vous trouverai un autre mari, je vous ferai mon héritière, et il n'aura rien.

ROSE.

Ah! ma tante, vous ne voudriez pas me faire acheter si cher les bienfaits dont vous me comblez.

Madame LAROCHE.

C'est bon, c'est bon, mademoiselle, nous verrons cela.

SCÈNE III.

Madame LAROCHE, ROSE, MATHURIN.

(*Mathurin arrive en chantant.*)

Madame LAROCHE.

Enfin vous voilà revenu.

MATHURIN.

Oui, notre bourgeoise.

Madame LAROCHE.

Y a-t-il assez long-temps que vous êtes parti ?

MATHURIN.

Ce n'est pas ma faute, je vous jure ; on reconduit un militaire, il vous remercie poliment, poliment on lui répond qu'il n'y a pas de quoi. Il propose une bouteille, poliment on l'accepte ; une autre revient, on la vide de même ; et, de politesse en politesse, il se trouve qu'on a été poli pendant deux heures, tandis qu'on ne croyait l'être que cinq ou six minutes.

Madame LAROCHE.

Je te reconnais là : quand il s'agit de boire, tu ne te fais pas prier.

MATHURIN.

AIR : *Mon père était pot.*

En bon jardinier, le matin,
Il faut que l'on arrose
La violette, le jasmin,
La tulipe et la rose.
Tout, bien disposé,
Doit être arrosé
Avec un soin extrême ;
Mais chacun sa part,
Je commence par....
Par m'arroser moi-même.

Madame LAROCHE.

Et c'est une besogne dont tu t'acquittes fort bien.

MATHURIN.

Il faut faire bien tout ce qu'on fait..

Madame LAROCHE.

Allons, va me ranger là-haut tout ce qui a servi à ce militaire.

MATHURIN.

C'est juste : il faut disposer le local pour en recevoir un autre.

Madame LAROCHE.

Qui ne viendra pas de sitôt, j'espère.

MATHURIN.

Dans une demi-heure.

Madame LAROCHE.

Comment!

MATHURIN.

J'en viens d'en rencontrer un ici près qui m'a annoncé qu'il venait loger chez vous.

Madame LAROCHE.

Chez moi?

MATHURIN.

Oui, notre bourgeoise.

Madame LAROCHE.

Cela n'est pas possible.

MATHURIN.

C'est comme j'ai l'honneur de vous le dire.

Madame LAROCHE.

Et l'on s'imagine que je vais le recevoir; non certainement: mais c'est une chose affreuse! comment! deux jours de suite loger des gens de guerre!

AIR : *Daignez m'épargner le reste.*

Non, je ne le souffrirai point;
On se moque de moi, je pense :
Croit-on vraiment jusqu'à ce point
Abuser de ma complaisance?
Cette incroyable déraison
M'aigrit, m'accable, me consterne :
M'envoyer ainsi garnison,
Hélas! de ma pauvre maison
On veut donc faire une caserne.

MATHURIN.

Rassurez-vous, ce jeune homme-là ne vous causera pas beaucoup d'embarras.

ROSE.

C'est un jeune homme !

MATHURIN.

Bien gentil, même; de vingt à vingt et un ans: un officier.

ROSE.

Un officier de vingt ans! un joli garçon! Ah! ma tante, vous ne pouvez pas vous dispenser de le recevoir.

Madame LAROCHE.

Mêlez-vous de vos affaires, mademoiselle. Un officier........ eh bien! quand il serait général, il aura la complaisance d'aller loger ailleurs.

ROSE.

Il est précisément de l'âge de mon cousin Dalincour...... peut-être il pourra nous donner de ses nouvelles.

MATHURIN, *à part.*

Et de la première main, même.

Madame LAROCHE.

Je n'en veux pas savoir.

ROSE.

Mais, ma tante...

Madame LAROCHE.

Mais, ma nièce, il me semble que je suis la maîtresse chez moi, et je trouve fort extraordinaire que vous vous permettiez des observations quand j'ai décidé quelque chose.

ROSE.

Je ne dis plus rien, ma tante.

Madame LAROCHE.

Et vous faites bien, ma nièce.... Allez-vous-en l'un et l'autre à votre ouvrage: moi, je cours à l'instant faire changer la destination de cet homme que l'on m'envoie, et nous verrons si l'on osera rejeter ma juste réclamation.... C'est affreux! on n'a jamais vu une pareille chose...

SCENE IV.

ROSE, MATHURIN.

ROSE.

Mais conçois-tu l'entêtement de ma tante?

MATHURIN.

Il est vrai qu'elle n'en a jamais eu de si déplacé.

ROSE.

Comme si c'était un grand embarras que de loger un militaire.

MATHURIN.

Surtout un militaire comme celui-là.

ROSE.

C'est vouloir se donner un ridicule à bien peu de frais.

MATHURIN.

Elle ne le tient pas encore.

ROSE.

Comment !

MATHURIN.

C'est qu'aujourd'hui heureusement les bureaux sont fermés, et qu'elle ne trouvera personne.

ROSE.

Tant mieux. S'il pouvait arriver tandis que ma tante est absente.

MATHURIN.

Je crois qu'elle ferait un beau train à son retour.

ROSE.

Nous parviendrons à l'appaiser.

AIR *du petit matelot.*

Ma tante est un modèle unique
De brusquerie et de bonté :
Un rien la fâche, un rien la pique,
Comme un rien lui rend sa gaîté.
Souvent je la vois qui tempête,
Sans m'effrayer de son humeur ;
Car l'humeur qu'elle a dans la tête
Ne va jamais jusqu'à son cœur.

MATHURIN.

C'est vrai.

ROSE.

Ah çà, ce jeune homme sans doute sera bien aise de se reposer en arrivant, je vais lui préparer l'appartement du premier. Toi, Mathurin, aie bien soin de lui procurer tout ce dont il aura besoin.

SCÈNE V.

MATHURIN *seul.*

C'est étonnant comme ces jeunes filles ont de l'humanité quand il s'agit d'un joli garçon..... et si elle savait que c'est pour son petit cousin qu'elle se donne tant de peine..... ça serait bien autre chose.

AIR *de la pauvre femme.*

Cet intérêt si doux, si tendre,
Qui déjà paraît l'occuper,
Est un feu caché sous la cendre,
Qui ne cherche qu'à s'échapper.
Pour l'inconnu,
Nouveau venu,
Son petit cœur s'est d'abord laissé prendre.
Je conçois bien,
Et je conviens
Que c'n'est encor qu'une étincelle, un rien ;
Mais cette étincelle partie
D'un trait décoché par l'Amour,
Va, j'gage, avant la fin du jour,
Produire un incendie. (3 *fois.*)

Ah! voilà notre jeune homme.

SCÈNE VI.

DALINCOUR, MATHURIN.

DALINCOUR.

Puis-je entrer?

MATHURIN.

Oui, votre tante est sortie, et votre cousine est occupée.

DALINCOUR.

Me voilà donc enfin revenu dans la maison de ma tante.

MATHURIN.

Il y a assez long-temps qu'on soupirait après ce retour.

DALINCOUR.

Tu n'as pas d'idée du plaisir que j'éprouve à me retrouver ici.

AIR : *Jeunes filles*, *etc.*

Après une longue absence
Que prescrivit le devoir, (*bis*)
Lieux chéris de notre enfance,
Qu'il est doux de vous revoir ! (*bis*)
Parmi les dangers, les alarmes,
Au milieu du fracas des armes,
La gloire avec tous ses charmes,
Parmi le fracas des armes,
Du guerrier soutient l'espoir.
C'est son vœu, sa jouissance :
Mais après la longue absence
Que prescrivit le devoir, (*bis.*)
Pour prix et pour récompense,
Lieux chéris de notre enfance,
Qu'il est doux de vous revoir ! (3 *fois*)

MATHURIN.

Eh bien ! dépêchez-vous de les regarder, car c'est une satisfaction dont vous ne jouirez pas long-temps.

DALINCOUR.

Comment donc cela ?

MATHURIN.

C'est que votre tante ne veut pas vous recevoir.

DALINCOUR.

Comme son neveu, c'est possible, parce qu'elle est fâchée contre moi ; mais avec le billet de logement que je me suis fait donner, elle ne peut pas me refuser.

MATHURIN.

Si fait, parbleu ! elle a logé hier un autre militaire, et elle est allée se plaindre de ce qu'on lui donne du monde à loger deux jours de suite ; comme sa réclamation est fort juste, il est certain qu'on l'accueillera, si elle trouve quelqu'un pour y faire droit.

DALINCOUR.

Parbleu ! c'est jouer de malheur.... Mais, si je ne me présentais que demain ?

MATHURIN.

Je vous ai annoncé pour aujourd'hui.

DALINCOUR.

Eh bien ! n'importe, ma tante m'a banni de son cœur, ma tante veut me chasser de chez elle ; nous allons voir.

AIR *nouveau.*

Repoussé de tous côtés,
Je ferai tête à l'orage;
Je sens croître mon courage
Avec les difficultés.
Elle aura beau se défendre,
Je la forcerai bientôt;
Fort qui ne veut pas se rendre
Doit être emporté d'assaut.

MATHURIN.

C'est-à-dire que vous allez traiter votre tante comme une citadelle.

DALINCOUR.

On me déclare la guerre, il faut agir en ennemi.

MATHURIN.

La victoire ne sera pas facile.

DALINCOUR.

J'aurai plus de mérite à la remporter.

MATHURIN.

Heureusement pour vous, vous avez des intelligences dans la place.

DALINCOUR.

Qui donc?

MATHURIN.

Votre cousine qui toute l'année, tout le mois, tous les jours, toutes les heures, toutes les minutes, ne cesse de parler de son petit cousin; votre cousine qui déjà a prié instamment sa tante de vous accorder un logement, parce que vous portez l'uniforme comme son petit cousin, parce que vous êtes de l'âge de son petit cousin, parce qu'enfin elle espère que vous lui donnerez des nouvelles de son petit cousin.

DALINCOUR.

Ah! mon cher Mathurin, quel plaisir tu me fais éprouver! Je vois qu'on ne m'a pas trompé dans tout le bien qu'on m'a dit de ma cousine.

MATHURIN.

Vous tromper! quelque chose qu'on ait pu vous en dire, je vous réponds qu'on est resté encore bien au-dessous de la vérité.

AIR *du vaudeville des Visitandines.*

Sa figure aimable et jolie,
Qu'anima toujours la gaîté,
Par la candeur est embellie;
Dans ses yeux se peint la bonté.
Elle a plus d'attraits en partage
Que l'art n'en a jamais rendus,
Et dans le cœur plus de vertus
Que de beautés sur son visage.

DALINCOUR. *Même air.*

Jeune Français, et militaire,
De la beauté je fais grand cas;
Mais un cœur bon, tendre et sincère,
A mes yeux n'a pas moins d'appas.
L'une est la rose, dont l'empire
Ne dure que quelques instans;
Et l'autre un trésor que, du Temps,
La faux jamais ne peut détruire.

MATHURIN.

Ainsi, quoi qu'il arrive, vous êtes bien décidé à rester ici?

DALINCOUR.

Quand tous les états-majors, tous les commissaires de guerre, toutes les tantes de l'univers seraient ligués contre moi, je leur défierai bien de m'en arracher.

MATHURIN.

Mais si l'on vous reconnaît?

DALINCOUR.

Impossible: d'abord, ma cousine me m'a pas vu depuis l'enfance, je n'avais que treize ans quand j'ai quitté ma tante, et tu conviendras que j'ai un peu changé depuis. D'ailleurs, comment veux-tu qu'on me reconnaisse? quand je me suis nommé, tu ne m'as pas reconnu toi-même.

MATHURIN.

C'est que le costume est un peu différent.

DALINCOUR.

Tu vois donc bien que je n'ai rien à craindre, et que je puis fort bien me donner ici pour un nommé *Surville*, capitaine de hussards, qu'on envoie loger chez madame Laroche.

MATHURIN.

C'est juste.... Mais j'entends quelqu'un que vous ne serez pas fâché de voir.

DALINCOUR.

Ma cousine ?

MATHURIN.

Sans doute : mais tâchez de vous contenir.

DALINCOUR.

J'aurai de la peine, car elle est charmante.

SCENE VII.

ROSE, DALINCOUR, MATHURIN.

MATHURIN.

Voilà, mademoiselle, le jeune militaire qui vient demander l'hospitalité à votre tante.

DALINCOUR.

Je crains de vous causer beaucoup d'embarras.

ROSE.

Nous ferons de notre mieux pour qu'il ne vous manque rien.

DALINCOUR.

Je tâcherai de me rendre le moins gênant possible.

MATHURIN, *à part.*

Je crois que je puis les laisser seuls... Ne contreviendrait-il pas, mademoiselle, que j'aille porter là-haut tout ce qui peut être nécessaire à notre nouvel hôte.

ROSE, *hésitant.*

Mais ma tante n'est pas rentrée, et monsieur ne peut pas rester seul.

MATHURIN.

Oh! un militaire n'est pas exigeant; il aimera bien autant que vous lui teniez compagnie que moi.

ROSE, *embarrassée.*

Mais tu sais que j'ai des occupations.

DALINCOUR.

Eh quoi! mademoiselle, serai-je assez malheureux pour vous inspirer de la défiance!

ROSE.

Je ne dis pas cela.

DALINCOUR.

AIR *de Plantade.*

On peut encor, malgré l'envie,
Chez plus d'un peuple généreux,
De notre antique courtoisie
Trouver quelques débris heureux;
De nos cœurs soumis et fidèles
Vous n'avez rien à redouter:
Nous cherchons bien à plaire aux belles,
Mais nous savons les respecter.

MATHURIN, *malignement.*

Je puis m'en aller, n'est-ce pas, mademoiselle?

ROSE.

Oui, mais dépêche-toi.

MATHURIN.

Je suis bien persuadé que vous ne vous plaindrez pas de ma lenteur.

SCÈNE VIII.

DALINCOUR, ROSE.

ROSE, *à part.*

S'il pouvait connaître Dalincour.

DALINCOUR, *à part.*

Comment faire demander de mes nouvelles?

ROSE.

Venez-vous directement de l'armée?

DALINCOUR.

Oui, mademoiselle.

ROSE.

Dans quel endroit séjourniez-vous?

DALINCOUR.

J'étais en cantonnement à Strasbourg.

ROSE, *à part.*

Bon, c'est là que réside mon cousin.

DALINCOUR, *gaiement.*

Mon aimable hôtesse a donc, dans ce pays-là, quelqu'un qui l'intéresse?

ROSE.

Beaucoup : un jeune parent nommé *Dalincour.*

DALINCOUR.

Dalincour! oh! qu'il sera flatté d'apprendre tout l'intérêt qu'il inspire à sa belle cousine.

ROSE.

Est-ce que vous le connaissez ?

DALINCOUR.

Nous servons dans le même corps.

ROSE.

Et vous êtes amis ?

DALINCOUR.

Inséparables.

ROSE.

Savait-il que vous dussiez passer si près de sa famille?

DALINCOUR.

Assurément.

ROSE.

Et il ne vous a pas même chargé d'une lettre; c'est fort honnête.

DALINCOUR.

AIR *de la parole.*

Instruit des secrets de son cœur,
Pour sa tante et pour sa cousine,
Je puis tracer, de son ardeur,
Et les progrès et l'origine.
En n'écrivant pas, Dalincour
Ma chargé d'un bien plus beau rôle ;
Il savait bien qu'en ce séjour,
Près de vous, au nom de l'Amour,
L'Amitié prendrait (*bis*) la parole.

ROSE.

Ce n'est pas tout à fait la même chose.

DALINCOUR.

Pardonnez-moi, car c'est précisément sur les sentimens qu'il a pour vous, que portent mes instructions.

ROSE.

Il en est de nature à n'être pas traités par ambassadeur.

DALINCOUR.

Permettez-moi de vous rendre ses propres expressions : voici, mot pour mot, ce qu'il me dit en quittant Strasbourg :

AIR : *Lorsque vous verrez un amant.*

Ah ! mon ami, qu'à ton bonheur
En ce moment je porte envie !
Tu vas jouir de la douceur
De contempler ma douce amie.
Chaque jour je vois ses appas,
Mas, hélas ! ce n'est qu'en peinture ;
Et je sens trop qu'en pareil cas,
L'art est bien loin de la nature.

ROSE, *gaiement.*

Dalincour a fort bien choisi son interprète : il ne parlerait pas lui-même avec plus de chaleur.

DALINCOUR.

Mon rôle est si doux à remplir, qu'il est facile de s'en bien pénétrer.

ROSE.

C'est une preuve d'amitié dont je vous sais bien bon gré pour lui.

DALINCOUR.

Si Dalincour me demande de quelle manière sa belle cousine aura reçu l'expression de ses sentimens, quelle réponse pourrai-je lui faire ?

ROSE, *avec timidité.*

Quelle.... réponse?....

DALINCOUR.

Vous ne pouvez pas la lui refuser, tant de tendresse mérite au moins quelque retour.

ROSE.

Il doit savoir par mes lettres ce que je pense de lui.

DALINCOUR.

Oui, mais il se plaint d'y trouver une réserve vraiment désespérante.

ROSE.

On n'écrit pas toujours tout ce qu'on pense.

DALINCOUR.

En prenant un tiers pour confident, on s'épargne l'embarras qui suit communément un pareil aveu.

ROSE.

Vous êtes bien pressant.

DALINCOUR.

C'est que j'attache une grande importance au succès de ma

négociation. Vous vous troublez.... Ah! pardon, mademoiselle, mon intention n'est pas de vous blesser.

ROSE.

AIR *nouveau.*

En vain je voudrais m'en défendre,
Mon trouble parle malgré moi;
Oui, de l'intérêt le plus tendre
Mon cœur subit la douce loi.
On pourrait me blâmer peut-être
De révéler mon secret, mais
L'amour que l'estime a fait naître
Ne se dissimule jamais.

DALINCOUR, *avec enthousiasme.*

Que je suis heureux!

ROSE.

Vous?

DALINCOUR.

Oui de pouvoir porter cette bonne nouvelle à mon ami.... (*A part.*) J'ai pensé me trahir.

ROSE.

Si elle doit lui causer tant de plaisir, je ne vous recommanderai pas le silence.

DALINCOUR.

La discrétion me serait impossible.

ROSE.

On vous en dispensera volontiers.

DALINCOUR, *lui baisant la main.*

Je n'y tiens plus.... Souffrez, ma belle.... demoiselle.

ROSE, *à part.*

AIR : *O ciel! en croirai-je mes yeux.*

O ciel! quelle ardeur! quel transport!

DALINCOUR.

Auprès de vous, si l'on s'oublie,
On n'a pas tort.

ROSE.

C'est un peu fort.

DALINCOUR.

C'est l'effet de la sympathie.

ROSE.

Vous prenez trop de liberté.

ENSEMBLE.

DALINCOUR.

C'est l'effet de la sympathie :
Ah ! que mon cœur est enchanté !

ROSE.

De l'effet de la sympathie
Ah ! que mon cœur est agité !

DALINCOUR.

De Dalincour je tiens la place.

ROSE.

Pas tout-à-fait, en vérité.

DALINCOUR.

De vous, pour lui, quand j'obtiens grâce,
Qu'ainsi que lui je sois traité.

ENSEMBLE.

DALINCOUR.

Son air, ses yeux, son langage,
Tout me répond qu'on m'aime ici :
Heureux moment, heureux voyage !
Dans mes projets j'ai réussi.

ROSE.

Son air, ses yeux, son langage,
Me causent un secret souci :
Sans me troubler davantage,
Mon cousin viendrait ici.

ROSE, *à part.*

Quel feu j'éprouve !

DALINCOUR.

Quel bien je trouve !

DALINCOUR.

Sn air, ses yeux, son langage,
Tout me répond qu'on m'aime ici :
Heureux moment, heureux voyage !
Dans mes projets j'ai réussi.

ROSE.

Son air, ses yeux, son langage,
Me causent un secret souci :
Sans me troubler davantage,
Mon cousin viendrait ici.

SCÈNE IX.

Madame LAROCHE, DALINCOUR, ROSE.

Madame LAROCHE.

C'est bien désagréable de ne trouver personne quand on a des réclamations à faire.

ROSE, *à part.*

Tant mieux.

Madame LAROCHE.

Ah ! le voici. C'est vous, sans doute, monsieur, qui venez loger ici ?

DALINCOUR.

Moi-même, qui suis enchanté de ce que la fortune m'a si bien servi.

Madame LAROCHE.

Vous êtes bien honnête.

DALINCOUR.

On ne m'a point trompé : on m'a bien dit que j'aurais pour hôtesse une grosse maman de bonne mine, fraîche, aimable... ainsi permettez..... (*Il va pour l'embrasser.*)

Madame LAROCHE.

Laissez donc, monsieur, une femme comme moi n'embrasse point un militaire.

DALINCOUR.

C'est pourtant une faveur qui m'eût été bien chère.

Madame LAROCHE.

Il est un peu cavalier dans ses manières.

DALINCOUR.

Je vais peut-être vous causer un peu d'embarras.

Madame LAROCHE.

C'est vrai.

DALINCOUR.

Du moins, la chère tante est franche.

ROSE, *bas à sa tante.*

Mais, ma tante.....

Madame LAROCHE.

Paix, mademoiselle.

DALINCOUR.

Quand vous me connaîtrez mieux, j'espère que vous ne me trouverez pas gênant.

ROSE.

Et puis, ma tante, il nous apporte des nouvelles de mon cousin, dont il est l'ami.

Madame LAROCHE.

Vous pouvez vous flatter, monsieur, d'être l'ami d'un bien mauvais sujet.

DALINCOUR.

Vous le traitez bien rigoureusement.

Madame LAROCHE.

Il le mérite : je le déteste autant que je l'aimais ; je ne veux jamais le voir, jamais en entendre parler..... Il se porte bien?

DALINCOUR.

A merveille.

Madame LAROCHE.

Ce n'est pas que j'y prenne aucun intérêt, tout ce qui le concerne m'est fort indifférent... Il est sans doute bien grandi depuis sept ans qu'il est à l'armée?

DALINCOUR.

Changé à ne pas être reconnaissable; mais que vous a donc fait ce pauvre Dalincour, pour que vous lui en vouliez tant?

Madame LAROCHE.

Ce qu'il m'a fait?

AIR : *Une fille est un oiseau.*

Pour lui donner un état,
Je cultivais son enfance,
Quand il a l'extravagance
De partir comme soldat.
Pour moi quelle récompense,
D'être nuit et jour en transe
Sur le repos, l'existence
De cet ingrat que j'aimais;
Mais qui, brûlant de paraître,
A fui loin de moi, peut-être
Pour ne revenir jamais.

ROSE, *bas à Dalincourt.*

Elle l'aime encore plus qu'elle ne croit.

Madame LAROCHE.

N'est-ce pas un joli métier qu'il a choisi?

DALINCOUR.

Quand on le fait avec honneur, il en vaut bien un autre.

Madame LAROCHE.

AIR *de l'officier de fortune.*

Il eût beaucoup mieux fait, je pense,
Pour sa fortune et son bonheur,
De se jeter dans la finance,
Et d'être du moins fournisseur.

DALINCOUR.

O ciel! quels regrets sont les vôtres!
Il valut mieux, dans tous les temps,
Mourir pour être utile aux autres,
Que d'exister à leurs dépens.

Madame LAROCHE.

Je trouverai, monsieur, plus de monde de mon avis que du vôtre.

ROSE, *à Dalincour.*

Ne la contrariez pas, je vous prie.

Madame LAROCHE.

A quelle heure vous remettez-vous en route demain?

DALINCOUR.

Demain! oh! je suis trop bien pour partir si vîte.

Madame LAROCHE.

Vous séjournez donc?

DALINCOUR.

Trois semaines, environ.

Madame LAROCHE.

Trois semaines! chez moi!... cela ne sera pas vrai, par exemple.

ROSE, *à part, à sa tante.*

Modérez-vous, ma tante, vous allez l'indisposer.

DALINCOUR.

Le terme l'épouvante..... Mais je n'aurai pas trop de temps pour aller dans tous les endroits que je me propose de voir; les bals, les spectacles, les concerts, les fêtes champêtres.

AIR: *vaud. du chapitre second.*

J'ai compté, pour n'oublier rien,
Sur mon hôtesse complaisante.
Si près de Paris, il faut bien
Jouir des plaisirs qu'il présente.
La tante m'accompagnera
A la pièce la plus nouvelle,
Et la nièce se chargera
De me conduire à Bagatelle.

Madame LAROCHE, *à part.*

Décidément, ce jeune homme est fou.... Mathurin!... Mathurin!...

SCENE X.

LES MÊMES, MATHURIN.

MATHURIN.

On y va.

Madame LAROCHE.

Conduisez Monsieur à la petite chambre du troisième.

ROSE.

J'ai préparé l'appartement du premier, ma tante.

Madame LAROCHE.

Qui est-ce qui vous priait de cela, ma nièce? Mais il est incroyable qu'on fasse tout ici sans me consulter : ne suis-je plus la maîtresse? ne suis-je plus libre de disposer de ce qui m'appartient? je crois, en vérité, qu'on finira bientôt par me mettre à la porte.

AIR : *Du soir au matin.*

Privez-vous de tout, pauvres parens,
Pour avoir une petite aisance,
Il ne faut qu'un jour à vos enfans
Pour briser l'ouvrage de vingt ans.
On tranche de l'opulence
Avec les premiers venus :
On traite avec complaisance
Des gens qu'on n'a jamais vus.

Privez-vous de tout, etc.

DALINCOUR, *à Mathurin.*

Je suis pourtant cause qu'on gronde ma cousine.

MATHURIN.

Ce n'est rien que cela, elle y est accoutumée.

Madame LAROCHE.

Allons, conduisez donc Monsieur au premier, ... puisque Mademoiselle l'a décidé.

MATHURIN.

Mais le capitaine mangera peut-être bien un morceau avant de se reposer.

Madame LAROCHE.

Est-ce qu'il n'a pas son étape?

DALINCOUR.

J'aurais cru vous faire injure.

Madame LAROCHE.

Vous ne m'auriez pas offensée du tout, d'autant plus que je n'ai rien à vous offrir.

MATHURIN.

Pardonnez-moi, notre bourgeoise; vous avez un assez joli petit dîner; et puis le capitaine voudra bien excuser s'il n'y en a pas davantage : on ne s'attendait pas à sa bienvenue.

DALINCOUR.

Je ne suis pas difficile.

Madame LAROCHE., *à part.*

Ils ont juré de me désespérer.

MATHURIN.

Il n'y a que le couvert à mettre, du vin à monter; monsieur n'a qu'à s'aller reposer un moment, en un tour de main cela sera expédié.

Madame LAROCHE.

Mais, encore, je ne veux pas...

ROSE.

Ah! ma tante, un si petit objet vaut-il la peine de se fâcher?

Madame LAROCHE.

AIR *d'une contredanse.*

Ah! grand Dieu! j'étouffe de colère;
Se conduit-on de cette manière?
Tout voir, tout souffrir, et se taire,
Le trait, à coup sûr,
Est dur.

MATHURIN.

De dîner avec vous, je pense,
Le capitaine aura l'honneur:
On accepte avec reconnaissance
Repas offert de si bon cœur.

ENSEMBLE.

Mad. LAROCHE.	ROSE, MATHURIN, DALINCOUR.
Ah! grand Dieu! j'étouffe de colère;	Oh! combien la tante est en colère
Se conduit-on de cette manière?	De notre conduite un peu légère!
Tout voir, tout souffrir, et se taire,	Mais aussi, tout souffrir et se taire,
Le trait, à coup sûr,	Le trait, à coup sûr,
Est dur.	Est dur.

(*Dalincour sort, Mathurin se dispose à le suivre.*)

SCÈNE XI.

Madame LAROCHE, MATHURIN, ROSE.

Madame LAROCHE.

Mathurin, écoutez ici.

MATHURIN.

Me voilà, notre bourgeoise.

Madame LAROCHE.

Depuis quel temps vous ai-je payé vos gages?

MATHURIN.

Mais il n'y a guère que six mois.

Madame LAROCHE.

Allez faire votre paquet, et vous viendrez chercher ce qui vous est dû.

MATHURIN.

Comment est-ce que vous me mettez à la porte?

Madame LAROCHE.

AIR *de Persico.*

Ce n'est pas pour me dominer
Que je réclamai vos services;
Encor moins pour me conformer
A vos ordres, à vos caprices.
Ailleurs, puisque le jeu vous plaît,
Vous pourrez commander peut-être;
Ce n'est pas le premier valet
Qui prend la place de son maître.

MATHURIN.

Ah çà, mais il est un peu tard pour déménager si brusquement.

Madame LAROCHE.

Je vous donne jusqu'à demain.

MATHURIN.

Je le prends. D'ici à demain il se passera bien des choses.

SCÈNE XII.

Madame LAROCHE, ROSE.

ROSE.

Quoi! ma tante! vous renvoyez ce pauvre garçon, qui vous servait avec tant de zèle et de fidélité?

Madame LAROCHE.

Oui, ma chère nièce, et j'espère que vous ne le suivrez pas de loin.

ROSE.

Moi?

Madame LAROCHE.

Oui, vous. Je croyais, en vous élevant, avoir obligé une amie qui me saurait gré de mes soins, qui prendrait mes intérêts, qui surtout userait avec réserve de la petite fortune que je voulais lui laisser. Pas du tout : Mademoiselle prend à tâche de me contrarier du matin au soir, dépense follement ce que je prends tant de peine à amasser. Eh bien ! ma chère nièce, cela ne durera pas davantage ; je rends à Dalincour tous ses droits à mon attachement. J'oublie des torts que l'humeur m'avait un peu exagérés, et je destine à lui seul un bien dont il saura faire un meilleur usage.

ROSE.

Quoi ! vous cessez d'en vouloir à votre neveu !

Madame LAROCHE.

Oui, ma nièce.

ROSE.

Et c'est moi qui en suis la cause ?

Madame LAROCHE.

Oui, ma nièce.

ROSE.

Eh bien ! tant mieux.

Madame LAROCHE.

Comment ! tant mieux ?

ROSE.

AIR *du Procès.*

Vous le savez, j'ai toujours mis
Mes soins les plus doux à vous plaire ;
Mais qu'aujourd'hui je m'applaudis
De provoquer votre colère !
Votre cœur s'adoucit enfin
Pour ce cher neveu qui vous aime :
Rendre justice à mon cousin,
C'est me la rendre à moi-même.

Madame LAROCHE.

Il paraît que vous tenez beaucoup à mon amitié.

ROSE.

Air précédent.

Entre nous, de vos sentimens
L'accord n'a rien qui m'embarrasse ;
Dans votre cœur, depuis long-temps,
Nous avons chacun notre place.
La seconde, avec moins d'attrait,
Est encore à mes yeux si chère,
Que, sans envie et sans regret,
Je lui cède la première.

Madame LAROCHE.

C'est fort bien arrangé : reste à savoir si cela me convient.

ROSE, *vivement.*

Oh ! oui, ma bonne tante. Dalincourt sera trop flatté de cette heureuse nouvelle, pour que je ne m'empresse pas de la lui annoncer. Ainsi je vais lui écrire sur-le-champ et l'engager à demander un congé pour venir vous remercier, et du pardon que vous lui accordez, et de l'amitié que vous venez de lui rendre.

SCÈNE XIII.

LES PRÉCÉDENS, SANS-QUARTIER.

SANS-QUARTIER, *ivre.*

Hola ! eh ! y a-t-il quelqu'un ?

ROSE.

Que demandez-vous ?

SANS-QUARTIER.

N'est-ce pas ici que demeure la maison de madame Laroche ?

Madame LAROCHE.

Que lui voulez-vous ?

SANS-QUARTIER.

C'est un billet de logement que j'apporte.

Madame LAROCHE.

Comment ! encore un billet de logement pour moi. Celui-là est un peu fort.

SANS-QUARTIER.

Mais non, ce n'est pas pour vous..... Est-ce que vous n'êtes pas logée, et joliment encore ?

Madame LAROCHE.

Pour qui donc ce billet de logement ?

SANS-QUARTIER.

C'est pour mon capitaine.

ROSE.

Comment !

SANS-QUARTIER.

N'êtes-vous pas allé vous plaindre de ce qu'on vous envoyait du monde deux jours de suite ?

Madame LAROCHE.

Certainement.

SANS-QUARTIER.

Eh bien ! j'apporte à mon capitaine, qui est logé ici, un ordre d'en déloger, pour aller se reloger ailleurs.

Madame LAROCHE, *avec joie.*

Serait-il possible ?

SANS-QUARTIER, *lui donnant le papier.*

Ma foi, lisez vous-même.

Madame LAROCHE.

Ah ! le ciel soit béni !... M. l'officier !... M. le capitaine !... Mathurin !.... Mathurin !.... Du moins je n'en aurai pas le démenti.

SCÈNE XIV.

LES PRÉCÉDENS, MATHURIN.

MATHURIN.

Vous avez appelé, je crois ?

Madame LAROCHE.

Va prier le capitaine de venir ici : vîte.

MATHURIN.

Qui a-t-il donc de si pressé ?

Madame LAROCHE.

Va toujours, et dépêche-toi.... Ecoute, descends en même temps son bagage.

MATHURIN.

Comme elle a l'air radieux ! il y a là-dessous quelque chose d'extraordinaire. *(Il sort.)*

SCÈNE XV.

LES PRÉCÈDENS, excepté MATHURIN.

ROSE.

En vérité, ma tante, j'ignore ce que ce jeune homme vous a fait, pour que vous ayez tant à cœur de le congédier.

Madame LAROCHE.

Cela ne vous regarde pas, ma nièce.

ROSE.

A l'heure qu'il est : c'est bien agréable pour lui.

Madame LAROCHE.

Cela vous contrarie, j'en suis bien fâchée.

ROSE.

On pouvait se dispenser de venir le déplacer si tard.

SANS-QUARTIER.

On vient de m'apporter l'ordre à l'auberge ; et malgré le besoin que j'ai de me rafraîchir, pour ne pas le faire attendre, je suis resté sur ma soif.

ROSE.

Il y paraît.

Madame LAROCHE.

C'est bien, mon enfant : un bon soldat doit être exact.

ROSE.

Qui sait où on l'envoie encore ?

SANS-QUARTIER.

A deux pas d'ici, chez la veuve Leclerc.

Madame LAROCHE.

C'est une fort bonne maison, il sera là à merveille.

AIR *de la Croisée.*

Son hôtesse a plus d'un attrait ;
Elle est jeune, obligeante et belle.
Et, quoique veuve, elle pourrait
Passer encor pour demoiselle.

SANS-QUARTIER.

Ceci n'est pas fort inoui :
J'ai vu, sans la mettre à l'épreuve,
Plus d'une demoiselle qui
Pouvait passer pour veuve.

SCÈNE XVI ET DERNIÈRE.

LES PRÉCÈDENS, ROSE, DALINCOUR, MATHURIN.

DALINCOUR.

Je me rends aux ordres de mon hôtesse, puis-je savoir ce qu'elle désire de moi ?

Madame LAROCHE.

Vous remettre ce billet qui vous indique une autre maison que la mienne.

DALINCOUR.

Comment ! on a l'inhumanité de m'arracher d'ici ; je m'y trouvais pourtant si bien.

Madame LAROCHE.

Aussi est-ce avec infiniment de regrets que je vous en vois partir.

SANS-QUARTIER.

Oh! si cela vous fait tant de peine, il y a moyen d'arranger les choses.

DALINCOUR.

Sans - Quartier a raison, et quoi qu'il puisse arriver, je reste ici.

Madame LAROCHE.

Vous ne le pouvez pas, monsieur, la discipline militaire exige....

DALINCOUR.

Soyez sans inquiétude, je donnerai de si bonnes raisons, qu'on me le pardonnera sans peine.

ROSE, *à part.*

Que veut-il dire ?

MATHURIN, *à part.*

Voilà l'instant de la crise.

DALINCOUR.

AIR *des Visitandines.*

Nul pouvoir ne peut m'interdire
Le plaisir de loger chez vous,
Et je n'ai qu'un seul mot à dire
Pour obtenir ce droit si doux.
Ce droit qui me plaît et m'enchante,
On ne saurait me l'enlever;
Un neveu doit toujours trouver
Un domicile chez sa tante.

ROSE, *à part.*

Dalincour !

Madame LAROCHE.

Qu'est-ce donc qu'il dit ?

DALINCOUR.

Il faut que je sois devenu bien odieux à ma tante, puisqu'elle peut me méconnaître à ce point.

Madame LAROCHE.

Mon neveu ! serait-il possible ? Ah ! mon Dieu ! mon Dieu ! vois donc, Mathurin, comme il est grandi ! comment c'est toi, mon pauvre garçon ! viens donc m'embrasser.... Mais non, vous êtes un mauvais sujet : on ne cause pas des surprises semblables, et surtout on ne vient pas sous un nom emprunté se présenter chez sa tante.

SANS-QUARTIER.

Cela vaut encore mieux que de n'y pas venir du tout.

DALINCOUR.

Vous ne vouliez pas me voir ni m'entendre, il a bien fallu que je me procure, par ordre, le bonheur dont vous m'aviez privé.

Madame LAROCHE.

Mais, je n'en reviens pas... Comme il est changé !... Je vous pardonne ; mais que cela ne vous arrive plus.

DALINCOUR.

Ah ! ma tante ! que de bonté ! mais ce n'est pas le seul pardon que j'aie à réclamer ; et ma belle cousine, dont j'ai surpris le secret, n'aura peut-être pas la même indulgence.

ROSE.

Je n'ai pas plus de rancune que ma tante.

SANS-QUARTIER.

Voilà ce qui s'appelle un joli caractère.

Madame LAROCHE.

Allons, allons nous mettre à table, et demain nous prendrons des arrangemens pour votre mariage.

SANS-QUARTIER.

Tant mieux, j'aime les noces, il y a toujours des bouteilles dans ces affaires-là, et c'est gai.

VAUDEVILLE.

AIR *du vaudeville de Claudine.*

DALINCOUR.

De mon aimable cousine
J'obtiens la main et le cœur ;
On conçoit et l'on devine
Tout l'excès de mon bonheur.
Plein de l'ardeur qui l'enflamme,
Crois qu'à jamais ton amant
Ne prendra que chez sa femme } *bis.*
Son billet de logement. }

MATHURIN.

Vous allez près d'une belle
Passer des momens bien doux;
Mais soyez toujours fidèle,
Et restez souvent chez vous.
Quand l'Hymen est en goguette,
Le tendre Amour à l'instant
Vient chez lui prendre en cachette
Son billet de logement. } *bis.*

SANS-QUARTIER.

On rencontre sur la terre
Logemens de cent façons:
L'un peut loger à Cythère,
L'autre aux Petites-Maisons.
Mais moi, qui suis un bon drille,
Et qui vis en bon vivant,
Je voudrais, pour la Courtille,
Un billet de logement. } *bis.*

ROSE, *au Public.*

Malgré son insuffisance,
Ce badinage léger,
Pour avoir une existence,
Chez Momus voudrait loger.
Je sais bien qu'il n'est pas digne
D'être admis pour son talent;
Mais que votre main lui signe
Un billet de logement. } *bis.*

FIN.

www.ingramcontent.com/pod-product-compliance
Ingram Content Group UK Ltd.
Pitfield, Milton Keynes, MK11 3LW, UK
UKHW022141260726
13993UKWH00005B/2076

9 782329 170855